新民说

成为更好的人

布劳提根诗选

[美]理查德·布劳提根 著
肖水 陈汐 译

THE PILL VERSUS
THE SPRINGHILL
MINE
DISASTER
RICHARD
BRAUTIGAN

think (and
the better!)
netic meadow
als and computers
ther in mutually
g harmony
water
clear sky.

think
nt now, please!)
rnetic forest
h pines and electronics
r stroll peacefully
ters
y were flowers
ing blossoms.

think
        (it has to be!)
of a cybernetic ecology
where we are free of our labors
and joined back to nature,
returned to our mammal
brothers and sisters,
and all watched over
by machines of loving grace.

GUANGXI NORMAL UNIVERSITY PRESS
广西师范大学出版社
·桂林·

布劳提根诗选
BULAOTIGEN SHIXUAN

The Pill versus the Springhill Mine Disaster
by Richard Brautigan
Copyright © 1968 by Richard Brautigan
Published by arrangement with Houghton Mifflin Harcourt Publishing Company
through Bardon-Chinese Media Agency
Simplified Chinese translation copyright © 2019
by Guangxi Normal University Press Group Co., Ltd.
All RIGHTS RESERVED
著作权合同登记号桂图登字：20-2016-287 号

图书在版编目（CIP）数据

布劳提根诗选 /（美）理查德·布劳提根著；肖水，陈汐
译．—桂林：广西师范大学出版社，2019.9（2025.6 重印）
书名原文: THE PILL VERSUS THE SPRINGHILL MINE
DISASTER
ISBN 978-7-5598-1882-9

Ⅰ．①布… Ⅱ．①理…②肖…③陈… Ⅲ．①诗集—
美国—现代 Ⅳ．①I712.25

中国版本图书馆 CIP 数据核字（2019）第 116655 号

广西师范大学出版社出版发行
（广西桂林市五里店路 9 号　邮政编码：541004）
（网址：http://www.bbtpress.com）
出版人：黄轩庄
全国新华书店经销
深圳市精彩印联合印务有限公司印刷
（深圳市光明区马田街道新庄社区同富工业区 B 栋 103　邮政编码：518107）
开本：889 mm × 1 194 mm　1/32
印张：5　插页：6　字数：60 千字
2019 年 9 月第 1 版　　2025 年 6 月第 12 次印刷
定价：45.00 元

如发现印装质量问题，影响阅读，请与出版社发行部门联系调换。

目录　　由爱的恩典机器照管一切

1

死是一辆永远停泊的美丽的车

双人床梦绞架

搭顺风车的加利利人

河流的回归

避孕药与春山矿难

由爱的恩典机器照管一切

I like to think (and
the sooner the better!)
of a cybernetic meadow
where mammals and computers
live together in mutually
programming harmony
like pure water
touching clear sky.

I like to think
   (right now please!)
of a cybernetic forest
filled with pines and electronics
where deer stroll peacefully
past computers
as if they were flowers
with spinning blossoms.

I like to think
   (it has to be!)
of a cybernetic ecology
where we are free of our labors
and joined back to nature,
returned to our mammal
brothers and sisters,
and all watched over
by machines of loving grace.

马的儿童餐 [1]

马的儿童餐，

你在对我做什么？

用你金色的长腿？

用你金色的长脸？

用你金色的长发？

用你金色的完美屁股？

我发誓，我再也不会

　　这样了！

马的儿童餐，

你对我做的一切，

我希望再也不会发生。

1　这首诗曾出现在 1971 年上映的电影《太阳船竞赛》（*The Sun Ship Game*）中。电影讲述了 1969 年美国全国滑翔比赛的得州选拔赛。电影开头，美国滑翔运动员乔治·莫法特（George Moffat）在上课时念了这首诗。

卡斯特将军[1]与泰坦尼克号

致在小比格霍恩河被害的第七骑兵团的
士兵们，以及在泰坦尼克号的处女航中罹难
的乘客们。

上帝保佑他们的灵魂不死。

是的！是真的，我脑中的所有幻象
最后都不幸成真。
它们真真切切，绕我
而立，像一束用沉船
和难逃一死的将军们编成的花束。
我轻轻地，将它们收进一只
漂亮的、正消失不见的花瓶。

1　卡斯特将军（General Custer），即乔治·阿姆斯特朗中校（George Armstrong Custer，1839—1876）。在1876年6月25日的早晨，他所率领的第七骑兵团的264人于蒙大拿东部的小比格霍恩河地区，被大约5000个苏族印第安人所杀。（约翰·F.巴伯 [Dr. John F. Barber] 注。巴伯先生为美国学者，布劳提根研究专家，出版有《布劳提根的作品目录注释》[*Richard Brautigan: An Annotated Bibliography*]，并创建布劳提根网络馆藏，现执教于华盛顿州立大学。本诗集的翻译亦获得巴伯先生的鼎力相助，特表感谢。本诗集中部分注脚为巴伯先生提供，均在注释后以"巴伯注"标出，其他为译者所注。）

私人侦探生菜

三箱"私人侦探生菜",

每只箱子的四面

都有侦探名字和拿着放大镜的

画像的三箱生菜,

在男人的想象里

以及他对给世上事物命名的渴望中,

形成了一个巨大的十字。

我想,就称此地为各各他 [1] 好了,

晚餐时再吃些沙拉。

1　各各他(Golgotha),耶稣被钉死之地。

一艘小船

哦，邪恶森林里

的狼人

美丽动人。

我们将他

带至嘉年华

当他见到

摩天轮

就开始

　　　哭泣。

带电的

绿的和红的眼泪

淌下

他毛茸茸的脸颊。

他看起来

像一艘小船

挺立在漆黑的

水面上。

"她从不取下她的手表"之诗

给玛西娅 [1]

因为你的身上

总戴着一只腕表。自然，

我会把你当作

　　精确的时间：

你金色的长发在 8 点 03 分，

有节奏闪动的乳房在

11 点 17 分，

你如玫瑰色猫叫的微笑在 5 点 30 分，

　　我知道我是对的。

1　即玛西娅·帕考德（Marcia Pacaud），来自加拿大蒙特利尔，出现在《避孕药与春山矿难》原版封面上。本诗集里好几首诗都是送给她的。（巴伯注）

业障[1]修理工具箱：1—4 项

1

得到足够多可吃的食物，

　　然后吃掉它。

2

找到一个安静的可睡的地方，

　　然后睡在那里。

3

减少智力活动和情感噪音，

直到你抵达无声的自我，

　　然后倾听它。

4[2]

[1]　业障一词，在原文中为梵语Karma，即指佛家中所谓妨碍修行正果的
罪业，比喻人的罪孽。

[2]　原文如此。

10

橘　子

哦，死亡多么精准地
计算出一阵橘红色的风，
它从你的脚下升起，

你停下来，死在
一片果园。那里，收获
充盈整个星空。

旧金山

这首诗被发现于布劳提根在旧金山用过的一只自助洗衣店的纸袋上。作者不明。

很偶然，你将

你的钱放进我的

洗衣机（#4）

很偶然，我将

我的钱放进另一台

洗衣机（#6）

故意地，我将

你的衣服放进那台

空的洗衣机里，里面注满了

水，却没有

衣服

它是孤独的。

施乐[1]糖块[2]

啊，

你只是一份

所有我吃过的

糖块的复印件。

1　施乐（Xerox），美国文案管理与处理技术公司，产品包括复印机。

2　这首诗作于 1967 年，手稿用墨水写在一张 9 英寸（23 厘米）×12 英寸（30 厘米）大小的速写本上。据说是有人叫布劳根随意写的一首诗。（巴伯注）

寡妇的哀悼

并没冷到
要去向邻居们
借一些木柴。

石榴马戏团

在大小上，我是孤独的，

像一只雨鸟

　　　在天空中盘旋，

从脚尖到王冠

从喙到翅膀，都已湿透。

在石榴马戏团，

我感觉自己像一位溺亡的国王。

去年，我曾发誓

不会再来

但此刻我又坐在了往常的椅子上

　　　全身滴水，拍着手

穿着金属戏服的

石榴们，从我身边走过。

1966 年 12 月 25 日

波特雷罗山 [1] 上的酒鬼

哎，他们

从附近的

一爿小店

买到了这几瓶酒。

那个俄国老头

把葡萄酒卖给他们，

没有半句闲话。

他们走着走着，

就在

沿木头台阶生长的

绿色灌木丛中

坐下来。

他们几乎

成了珍奇花卉，

他们喝得那么

安静。

1　波特雷罗山（Potrero Hill），位于旧金山附近。（巴伯注）

第一场冬雪

啊，美丽的姑娘，你的灵魂
进错了身体。那多余的二十磅[1]肉
像一块劣质花毯
悬挂在你哺乳动物的完美天性上。

三个月前，你像一头小鹿
凝视着这第一场冬雪。

现在阿佛洛狄忒[2]也看不起你，
在背后说你坏话。

1 20 磅约为 9 千克。

2 阿佛洛狄忒（Aphrodite），古希腊性爱与美貌女神。

惊　讶

我掀起抽水马桶坐垫

就像掀开一只鸟巢

然后我看到猫的脚印

布满了马桶的边缘。

你的离开与"兴登堡"号[1]

每次我们说"再见"

我都将它当作"兴登堡"号的

  一次重现:

1937 年,这座巨大的飞艇

带着中世纪的火焰,忽然爆炸

像新泽西的上空一座烧着的城堡。

当你离开这个家,

"兴登堡"号的阴影,进入,

  并占据了你的位置。

1　"兴登堡"号(the Hindenburg),以德国总统兴登堡名字命名的飞艇。
1937 年 5 月 6 日约下午 7 时 30 分,"兴登堡"号飞艇在美国新泽西州莱
克赫斯特海军航空总站上空准备着陆,但于 34 秒内烧为灰烬。灾难在
803 英尺(约 244 米)的高空中发生,1000 多名观众目击了灾难。97 名
乘客和乘务人员中大约有 36 人死亡。(巴伯注)

教　育

克拉马斯河[1]上

有一位妇女，

地下室里

挤着她的

五百个孩子，

像马蜂

塞满了

一只泥巢。

"大麻雀"

是他们的父亲。

每天一次，

他将一只

红色小推车

拉进来，

这就是

他们所知道的一切。

1　克拉马斯河（Klamath River），美国俄勒冈州南部的一条河。（巴伯注）

情　诗

太好了

在清晨醒来

一个人

不必在已经

不爱的时候

跟谁说

我爱你。

热病纪念碑

我步行穿过公园，走向热病纪念碑。
它在一座玻璃广场的中央，
被红花和喷泉环绕。纪念碑
是海马的形状，金属薄板上写着：
我们变热，然后死去。

在加州理工学院 [1]

我不在乎这些人有多他妈

聪明：我好无聊。

雨已经他妈下了一整天，

而我无事可做。

作于 1967 年 1 月 24 日

在加州理工学院做"驻校诗人"时

1　布劳提根于 1966 年至 1967 年间曾任加州理工学院的驻校诗人。

一位女士

她的脸抓紧她的嘴

像一片叶子抓紧一棵树

像一只轮胎抓紧一条公路

像一把勺子抓紧一碗汤。

用一个微笑也不能

　　　让脸放手，

　　　可怜的人。

不管发生什么

她的脸总是一棵枫树

　　　101号公路[1]

　　　西红柿。

1　101号公路（Highway 101），也称为太平洋海岸高速公路，沿海岸从华盛顿州的西雅图一直延伸至加利福尼亚州的洛杉矶。

"星光灿烂"的钉子 [1]

有一些

"星光灿烂"的

　　钉子

钉在你的棺材上，孩子。

这就是

他们为你做的一切，

　　我的儿子。

1　原文为 "Star-Spangled" Nails，可能是套用美国国歌《星光灿烂的旗帜》("The Star-Spangled Banner")。

南瓜潮

昨晚我看见成千上万的南瓜

随着潮水漂浮而来，

它们骤然撞在岩石上，

又被冲上海滩；

这必定是海中的万圣节。

肾上腺素母亲

肾上腺素母亲，

穿着彗星的衣服，

鞋子是迅鸟的翅膀，

影子是跳跃的鱼群，

谢谢你触摸，

理解和关爱我的生命。

没有你，我早已死去。

轮　子

轮子：一种像梨的事物，
在八月的一棵树下锈蚀。
　　哦，金色的荒野！
　　蜜蜂乘着有篷马车旅行，
而印第安人在炎热中躲藏。

地图之浴

给玛西娅

我希望你的头发
用新世界的地图
将我覆盖，

那样，我所去之处，
便会美如
你的头发。

来自唐人街的一张明信片

中国人在他们的浴室里

抽鸦片。

他们都进了浴室，

然后锁上门。

老人坐进浴盆里，

孩子坐在

地板上。

双人床梦绞架

Driving through
hot brushy country
in the late autumn,
I saw a hawk
crucified on a
barbed-wire fence.

I guess as a kind
of advertisement
to other hawks,
saying from the pages
of a leading women's
  magazine,

"She's beautiful,
but burn all the maps
to your body.
I'm not here
of my own choosing."

锯木厂

我是牧场正中央

连鬼魂都嫌弃的

锯木厂。

　　歌剧!

　　　歌剧!

马群也不愿意靠近

我这废物。

它们在溪水边过夜。

她观察的方式

我每次看见他，心里都想：

天哪，我真该庆幸他不是

我的父亲。

是的，鱼的音乐 [1]

一阵斑驳如鳟鱼的风

穿过我的眼睛，我的十指，

我依然记得鳟鱼

如何躲开

来河边饮水的恐龙群。

它们躲在地铁里，城堡里，

以及汽车里，耐心地等着

那些恐龙离开。

1　此处疑指舒伯特的《鳟鱼五重奏》。

中国跳棋玩家

我六岁的时候

曾经和一个女人

    下中国跳棋，

她九十三岁了。

她一个人住，

公寓和我们

    隔走廊相望。

每周一和周四的晚上

我们都一起下中国跳棋。

下棋的时候，她通常会说起

她的丈夫，

他已经死了七十年了。

我们喝茶和吃饼干

    以及作弊。

我们美丽的西海岸事物

我们是海岸人，

只有大海超越我们。

——杰克·斯派塞 [1]

我坐在这里，长长的梦

都是关于加利福尼亚

某个十一月的最后一天，

太平洋旁边，阴天的

　　暮光之下

听着爸爸妈妈乐队 [2]

1　杰克·斯派塞（Jack Spicer, 1925—1965），美国诗人，布劳提根的良师。
　　所引的是斯派塞的诗《消沉十首》（"Ten Poems for Downbeat"）的首句。

2　爸爸妈妈乐队（The Mamas and the Papas），美国 1960 年代的摇滚
　　民谣组合。诗中提到的歌曲可能是那首生机勃勃的《我再次见到她》
　　（"I Saw Her Again", 1966）。本诗的第一节可能暗示《加州之梦》
　　（"California Dreamin'", 1965），这首歌给布劳提根等人留下了深刻
　　的印象。（巴伯注）

伟大的乐队 [1]

唱一首关于打碎

真心，剜出真心的歌！

我想我要起床

然后绕着房间跳舞。

开始！

1　原文为大写。本诗集中出现在正文里的宋体字，在原文中均为大写
　　字母。

男　人

戴上帽子

他大约比出租车高

五英寸[1]。

凯奇坎[1]银梯

凌晨 2 点是攀登

凯奇坎银梯

的最佳时间，升入树丛

钻进漆黑的、悄然觅食的鹿群。

此时正是我妻子起床

给孩子喂奶的时候。她打开了

凯奇坎所有的灯，

人们开始拍门

互相咒骂。

这是攀登凯奇坎银梯的

最佳时间，升入树丛

钻进漆黑的、悄然觅食的鹿群。

1　凯奇坎（Ketchikan），阿拉斯加东南部的一个城镇，是从美国大陆来
的船在阿拉斯加可以停靠的第一个港口。（巴伯注）

好莱坞

1967 年 1 月 26 日

下午 3 点 15 分

在洛杉矶，我静静坐着

将车停在一个破旧的

　　居民区巷子里，

我盯着这个词

　　好莱坞

写在几座孤独的山上，

我认真地听着

摇滚电台

　　（爱的一匙）

　　（杰斐逊飞机）[1]，

人们慢慢地

推出他们的垃圾桶。

1　"爱的一匙"（The Lovin' Spoonful），1964 年成立于纽约格林威治村，是
　一支融合了民歌和布鲁斯风格的摇滚乐队；"杰斐逊飞机"（Jefferson
　Airplane），旧金山最早为全美熟知的迷幻摇滚乐队。他们代表了一
　个时代。

你的项链在渗漏

给玛西娅

你的项链在渗漏，

蓝光从珠子里

滴出来，

它用一个清新的非洲黎明

覆盖

你美丽的乳房。

俳句救护车

一片青椒

从木质的色拉盘中

跌落

那又如何?

正在下坠

魔力就是你所着之物的颜色

一条龙作纽扣

一头狮子作灯

一根胡萝卜作衣领

一条鲑鱼作拉链。

嗨，亲爱的，你正打开我。

就是那种下坠的感觉。

哇！

啊，完美的测量

1888 年 8 月 25 日，星期六，下午 5 点 20 分

就是这张照片的名字：

两位老妇人，在一座白房子的

前院里。其中一位

坐在一张椅子上，她膝上有一只狗。

另一位在看着

一些花。可能，她们都很

快乐，但接着就是 1888 年 8 月 25 日，

星期六，下午 5 点 21 分，一切都结束了。

嘿，培根

月亮像
淘气的培根
卷曲它的欲望

　　（与此同时）

我将自己
避入两只双面煎蛋
的港湾。

奥菲莉娅被强奸 [1]

她的衣服散开，他们抬起她时，

她就像美人鱼一样。曾吟唱古老歌谣的片段，

甜美的奥菲莉娅顺流而下，

经过黑色石堆，走到一个邪恶的

衣服上找不到童年影子的渔夫前面。

美丽的奥菲莉娅像四月的教堂漂浮进

他的影子，然后，我们梦中的这个邪恶渔夫，

冲进河里，抓住了这个可怜的疯女孩。

他将她拽进草丛深处，他身体的冲击

使她丧命。然后，他将她送回河里。

后来莱尔提斯 [2] 说，唉，她就这么被淹死了！

你喝了那么多水，可怜的奥菲莉娅。

1　改编自莎士比亚的戏剧《哈姆雷特》。（巴伯注）

2　莱尔提斯（Laertes）为《哈姆雷特》中御前大臣波洛涅斯（Polonius）
　　的儿子，妹妹是哈姆雷特的恋人奥菲莉娅。

蜡烛狮子之诗

给迈克尔 [1]

翻出一根蜡烛的芯，
你就得到了一只狮子
最细小的部分。它就站在
那丛阴影的边沿。

1　即迈克尔·麦克卢尔（Michael McClure），诗人，布劳提根的友人。（巴伯注）

我感到害怕。她不

我感到害怕。她不

爱我，我绕着房子

踱步，像一架缝纫机。

它刚把一个无赖

缝在一个垃圾箱的盖上。

独眼巨人

一杯柠檬水

像独眼巨人的眼睛一样[1]

周游世界。

如果小孩不喝

柠檬水，

　　尤利西斯会喝。

---

1 像独眼巨人的眼睛一样（like the eye of the cyclops），见荷马《奥德赛》
   第九卷。（巴伯注）

给所爱之人的鲜花

屠夫，面包师，烛台制作师，
谁都会染上性病，
包括你爱的人。

如果你觉得自己染上了，
请去看医生。

之后你会感觉好一点，
你爱的人也一样。

搭顺风车的加利利人

Part 1

Baudelaire was
driving a Model A
across Galilee.
He picked up a
hitch-hiker named
Jesus who had
been standing among
a school of fish,
feeding them
pieces of bread.
"Where are you
going?" asked
Jesus, getting
into the front
seat.
"Anywhere, anywhere
out of this world!"
shouted
Baudelaire.
"I'll go with you
as far as
Golgotha,"
said Jesus.
"I have a
concession
at the carnival
there, and I
must not be
late."

的任何地方！"

波德莱尔

叫道。

"我将和你同去，

直到

各各他山，"

耶稣说，

"我在

那里的狂欢节

有个货摊，

我都要

迟到了。"

2．亚美利加尼亚酒店

波德莱尔和一个酒鬼

坐在旧金山贫民窟

的入口。

酒鬼有一百万

岁了，还记得

    恐龙。

波德莱尔和这个酒鬼

正在喝百丽牌麝香葡萄酒。

"每个人都应一直醉着。"

    波德莱尔说。

"我住在亚美利加尼亚酒店，"

酒鬼说，"我还

    记得恐龙。"

"像你这样不停地醉下去。"

    波德莱尔说。

3. 1939 年

波德莱尔过去常来

我家，看

我磨咖啡。

那是 1939 年，

我们住在塔科马 [1] 的

贫民窟里。

我母亲会将

咖啡豆放进研磨器。

我那时还小，

转动手柄，

假装它是一台

     手风琴，

波德莱尔会假装

自己是一只猴子，

卖力地上蹿下跳，

手里握着

一只锡杯。

1　塔科马（Tacoma），美国华盛顿州西部港口城市，布劳提根的出生地。

4. 鲜花汉堡

波德莱尔

在旧金山

支起一个汉堡摊,

但他将在面包之间

夹鲜花。

顾客走进来

说:"给我一个

汉堡,多加

洋葱。"

可是波德莱尔

递过去一个鲜花汉堡。

顾客就会说:"这是

一个什么

汉堡铺子?"

5. 永恒的时间

"中国人
从猫的
眼睛里
读取时间。"
波德莱尔说，
然后走进
街市上的
一家珠宝店。
不一会儿，
他走了出来，
手里拿着
一只 21 钻的
珠宝暹罗
猫。它就
挂在
一条金链子的
末端。

6. 萨尔瓦多·达利

"你到底

准不准备

喝掉

你的汤？

你这个忧郁的

该死的老批发商！"

让娜·杜瓦尔 [1]

叫着，

往波德莱尔的背上

打了一下，

当他看着

窗外，

做着白日梦时。

波德莱尔

吓了一跳，

---

1 让娜·杜瓦尔（Jeanne Duval），波德莱尔的情人之一，也是他很多诗歌
的主人公。

然后他狂笑

不止，

在空中

像挥动魔杖那样

挥动他的汤勺，

将房间

变成一幅

萨尔瓦多·

达利的画，

又将房间

变成一幅

梵高的画。

7．一场棒球赛

波德莱尔去看

一场棒球赛，

他买了一只热狗

还点了一管

鸦片。

纽约扬基队

正对阵

底特律老虎队。

第四局

一位天使自杀了，

他跳下

一片低云。

这位天使降落

在二垒

使

整个内场

像一面巨大的镜子

破碎。

这场比赛

被迫中止，原因是

恐惧。

8．精神病院

波德莱尔去

精神病院，

伪装成

精神病医生。

他在那里待了

两个月

离开的时候，

整个精神病院

都舍不得他，

便随他

走遍了

加州，

波德莱尔

笑了，当这家

精神病院

蹭着

他的腿，像一只

奇怪的猫。

9．我的昆虫葬礼

当我还是一个小孩
我拥有一座墓地
在一株玫瑰花下
我常埋葬昆虫
和死去的鸟。
我将昆虫们装进
锡纸和火柴盒里。
我将鸟儿们包裹
在条条红布之中。
那总是难过的事，
当我用一只勺子
挖起泥土
撒进它们小小的坟墓

我总是会哭。

波德莱尔会出现

并且参加

我的昆虫葬礼

但在大些的鸟儿的尸体前

他总是少一些

祷告。

旧金山
1958 年 2 月

爱情里正在下雨

不知道为什么，

每当我喜欢一个女孩，

　　　很喜欢，

我就开始怀疑自己。

我会紧张。

我会说错话，

或者开始

　　斟酌，

　　　　　掂量，

　　　　　　　计算

　　　我说的每个字。

如果我说："你觉得会下雨吗？"

她说："我不知道。"

我就琢磨：她真的喜欢我吗？

换句话说，

我变得有点吓人。

我的一位朋友说过，

"一些人

做朋友比做恋人

好二十倍！"

我想他是对的，另外，

某处正在下雨，花朵仿佛程序接受了指令，

蜗牛快乐无比。

一切井然有序。

但是

如果一个女孩很喜欢我

然后她变得很不安

然后忽然问我一些滑稽的问题

然后如果我答错了，她就不高兴

然后她会问：

"你觉得会下雨吗？"

然后我说："这可难倒我了。"

然后她说，"哦"，

然后有点不高兴地

看着加州干净的蓝天，

我想：感谢上帝，这次难过的是你，

　　而不是我。

扑克牌星

是一颗形似

东俄勒冈群山

上空一场扑克游戏的星星。

有三个玩家。

都是牧羊人。

其中一位有两个对子，

剩下的人什么也没有。

去英国

没有邮票，能将信件

送回三个世纪前的英国，

没有邮票，能让信件

回到尚未被盗的墓中，

而约翰·多恩[1]站在窗边，向外望去，

四月的早晨刚开始下雨，

鸟群落进树里，

像棋子掉入一场尚未开始的棋局，

约翰·多恩看见邮递员沿着街道走来，

他走得特别小心，因为他的手杖

是玻璃做的。

---

1 约翰·多恩（John Donne，1572—1631），17 世纪英国著名诗人。

我躺在一个陌生女孩的公寓里

给玛西娅

我躺在一个陌生女孩的公寓里。
她得了毒葛皮炎，一种严重的皮肤灼痛，
　　因此很不开心。
她不停走来走去，
好像庄严镜子里的遥远姿势。

她打开又关上一些东西。
她打开水龙头，
然后又关掉。

她弄出的声响都很遥远，
可能远在另一个城市。
那里是黄昏，好多人都向
城市的窗外望去。
所有的眼睛都充盈着她此刻所做之事
　　发出的声响。

嗨！就是为了这个

给杰夫·谢泼德[1]

不是出版
不是钱
不是成名
不是性爱

　　前几天，一个朋友来我家
读到我的一首诗。
今天他又跑回来，要求再次读读
那首诗。他读完以后，
说："这首诗让我想
　　写诗。"

1　杰夫·谢泼德（Jeff Sheppard），诗人，布劳提根的朋友。（巴伯注）

我的鼻子正在变老

没错。
一次漫长而慵懒的九月的
镜中凝望
告诉我，这是真的：

我三十一岁
我的鼻子正在变
　　　老。

它开始于
　　　鼻梁之下
约半英寸的地方。
然后蹒跚
　　　而下，
侵蚀另一英寸：
　　　停下。

很幸运，鼻子的
其他部分，还相对

年轻。

我想知道姑娘们
是否愿意要一个有
　　老鼻子的我。

我知道她们会怎么说，
这些没心没肺的婊子！

"他很可爱
　　　　　　但鼻子
有点老。"

螃蟹雪茄

几天前，在太平洋

退潮后的水坑里

我看着一群螃蟹在进食。

我说的一群，是

几百只。它们觅食的样子

    像雪茄。

悉尼·格林斯特里特 [1] 布鲁斯

想起悉尼·格林斯特里特

让我获得一种既美丽

又愉悦的感受；

但它是一种脆弱的东西。

捡起一块镜子。

眼睛望着这块镜子

然后手、镜子，还有眼睛

　　都消失了。

1　悉尼·格林斯特里特（Sydney Greenstreet, 1879—1954），美国演员，
以在电影《马耳他之鹰》（*The Maltese Falcon*, 1941）和《卡萨布兰卡》
（*Casablanca*, 1942）中的表演闻名，原文悉尼错拼为 "Sidney"，但后
来重印时并没有勘正。（巴伯注）

彗　星

彗星
携带无数海洋与星系
的优雅
闪耀着
穿过我们的嘴。

向天发誓，
我们定会尽
己所能。

彗星
带着化学物质
沿着舌尖
倾泻而出，
在空中
燃烧殆尽。

我知道
会的。

彗星

在牙齿后面

嘲笑我们，

它们穿着鱼和鸟儿

的衣服。

试试看。

我生活在二十世纪

给玛西娅

我生活在二十世纪，
你就躺在我的身边。你
睡着的时候，并不快乐。
对此我无能为力。
我感到无助。你的脸庞
是那么美丽，我忍不住不去
赞美它，但我没有办法
让你睡着的时候
　　也感到快乐。

鸬鹚的城堡

哈姆雷特

胳膊下夹着

一只鸬鹚

迎娶了奥菲莉娅。

她因为溺水，依然

浑身湿透，

看起来像

一朵在雨中

待了太久的白花。

我爱你，

奥菲莉娅说，

而且我爱

那只你

夹在胳膊下

的黑鸟。

大瑟尔[1]

1958 年 2 月

1　大瑟尔（Big Sur），又译大苏尔，是美国加利福尼亚州西部海岸线最惊
　　险、最美丽的一段公路，以其壮丽的崖岸景色闻名。其通常还被认为
　　是美国"垮掉一代"寻找心灵归宿之地。

情　人

我改造了她的卧室：

天花板抬高四英尺[1]，

丢了她所有的东西

（以及她生活里的杂乱）

墙刷白，

　　在房间里

添置一种美妙的平静，

一种几乎带着香味的沉默。

将她放在一张铺着白缎床罩的

软黄铜床上，

然后我站在门口

看着她睡着，身体蜷作一团，

她的脸朝那边，

　　背对我。

1　约 1.2 米。

十四行诗

海仿佛

年迈的自然主义诗人。

他死于

公厕里

心脏病突发。

他的魂魄依旧

游荡在小便池的上空。

夜里，

能听到他

在黑暗中

光着脚走来走去，

有人偷了

他的鞋。

间接爆米花

这时候正适合幻想!
像舒服的白色房间
拉上长长的黄色窗帘。
今晚，它将伴我入眠，
希望我的梦都通向
一群吃着间接爆米花的
　　金发美艳女郎。

星　洞

我坐在这里
一颗星星的
完美的结局里，

看着光
将自己泼向
　　我。

这些光
通过天空中
的一个小洞
将自己泼向我。

我不是很开心，
但我能看到
一切如此
　　遥远。

阿尔比恩[1]的早餐

给苏珊[2]

昨晚，（就在这）一个漂亮的高个女孩

要我写一首有关阿尔比恩的诗，

她好放进一只黑色的

封面用精致的白字印着"阿尔比恩"的

　　文件夹里。

我说好啊。此刻，她正在商店里

买着早点。

当她回来，

　　我要用这首诗，给她一个惊喜。

1　阿尔比恩（Albion），英格兰或不列颠的雅称。

2　即奥尔西娅·苏珊·摩根（Althea Susan Morgan），是布劳提根在 1967
　　年 1 月中旬到 6 月间认识的朋友。他们相识于加利福尼亚，布劳提根当
　　时去参加在联合书店举行的一个诗歌朗诵会。

让我们驶入新美国之屋

一扇扇门

想从铰链中

逃脱，

与美丽的云彩齐飞。

一扇扇窗

想从框子中

逃离，

与鹿群

横穿偏远乡村的草场。

一面面墙

想与群山

一起，潜行于

清晨的

薄雾。

一块块地板

想把家具

消化成
花与树。

一片片屋顶
想优雅地
与群星一起
旅行，穿过
层层黑暗之圆。

11月3日

我坐在咖啡馆里
喝着可乐。

一只苍蝇正安睡在
一张餐巾纸上。

我必须叫醒它，
这样我才能擦眼镜。

有个漂亮女孩
我想看清楚。

邮 差

冷天里

  蔬菜

    的气味，

像实物一样飘散，

像一位寻找圣杯的骑士，

或者一个在乡间小路上寻找

并不在此地的农场的邮差。

  胡萝卜、辣椒和草莓。

  奈瓦尔、波德莱尔和兰波[1]。

1　奈瓦尔、波德莱尔和兰波，均为 19 世纪法国诗人。（巴伯注）

一场二月中旬的天舞

请微笑着舞向我，如同
一颗星星，
无数光年在你的发梢
　　堆积。

我也将舞向你，
如同黑暗，
蝙蝠们像一顶帽子在我头顶
　　堆积。

鹌 鹑

隔壁邻居在笼子里养了三只鹌鹑。

它们成了我们每天清晨最大的乐事，

像覆着糖霜的小蛋糕，叫着：

　　　波歪波歪波歪波歪波歪波歪波歪。[1]

可一到晚上，它们就让该死的杰克[2]发疯。

当杰克隔着栅栏，嗅探着它们的屁股，

它们就像弹珠在笼子里滚来滚去。

1　"波歪"是bobwhite的音译，是美国比较常见的野禽北美鹌鹑（Bobwhite）
　　发出的声音，这种鹌鹑也因此而得名。

2　布劳提根和他第一任妻子弗吉尼亚·迪翁·阿尔德(Virginia Dionne Alder)
　　移居加利福尼亚州旧金山市波特雷罗山宾夕法尼亚街575号的公寓时，
　　杰克是他们养的两只黑猫中的一只。（巴伯注）

1942

钢琴树，请奏响

在我叔叔[1]

黑暗的音乐厅里。

他 26 岁，死在

一艘从锡特卡[2] 返航的船上，

他的棺木在海上穿行，

像贝多芬的

手指，

抚过一杯

酒。

钢琴树，请奏响

在我叔叔

黑暗的音乐厅里。

一个我童年时的传奇人物，死了。

1　即爱德华·马丁·狄克逊（Edward Martin Dixon, 1916—1942），1942 年 8
月 11 日死于阿拉斯加的锡特卡。在布劳提根的诗集《6 月 30 日, 6 月 30
日》（*June 30th, June 30th*）中有更多关于"爱德华叔叔"的诗。（巴伯注）

2　锡特卡（Sitka），美国阿拉斯加州第四大城市，位于亚历山大群岛巴拉诺
夫岛上。

人们将他送回
塔科马。
夜里，他的棺木
像海之下飞翔的
鸟群一样行进，
从不触及天空。

钢琴树，请奏响
在我叔叔
黑暗的音乐厅里。
将他的心
交给爱人，
将他的死亡
交给一张床，
将他交给一艘
从锡特卡返航的船，
在我出生的地方
将他埋葬。

给鸭子的牛奶

嚓！

二十天／没做爱。

我性感的样子

毫无价值。

如果我死了，

肯定连一只母苍蝇

都吸引不了。

河流的回归

All the rivers run into the sea;
yet the sea is not full;
unto the place from whence the rivers come,
thither they return again.

   It is raining today
in the mountains.

   It is a warm green rain
with love
in its pockets
for spring is here,
and does not dream
of death.

   Birds happen music
like clocks ticking heavens
in a land
where children love spiders,
and let them sleep
in their hair.

   A slow rain sizzles
on the river
like a pan
full of frying flowers,
and with each drop
of rain
the ocean
begins again.

一支善谈的蜡烛

我有一支善谈的蜡烛，
昨夜，在我的卧室。

那时我很累，但我希望
有人能陪我，
　　就点燃了一支蜡烛。

听它的光发出的令人
舒服的声音，直到睡着。

瘪轮胎的马

从前有个村
打金蓝相映的山上
来了个年轻俊美的王子
马的毛色如晨光
名唤"陛下伯格"。

我爱你
你是我呼吸的城堡
如此轻柔
我们要天长地久

村子里
有个美丽的女孩
王子汹涌地爱上了她
仿佛苹果闪电做成的新墨西哥
和水晶床。

我爱你
你是我呼吸的城堡

如此轻柔

我们要天长地久

王子也迷住了

女孩

两人策马奔向

金蓝相映的山上

马的毛色如晨光

名唤"主子伯格"。

我爱你

你是我呼吸的城堡

如此轻柔

我们要天长地久

他们本该

从此幸福地生活在一起

如果在龙的老巢面前

马的轮胎

没有瘪。

卡夫卡[1]的帽子

雨水敲打着屋顶，

像一场外科手术。

这时我吃掉了一碟冰激凌，

它像卡夫卡的帽子。

那是一碟尝起来

像手术台一样的冰激凌，

病人就躺在上面

仰望着天花板。

1　卡夫卡（Kafka, 1883—1924），著名小说家。

九种事物

那是晚上

一种有限的美丽
在云中消逝，

与一棵树的枝条
咯咯地笑，

咯咯咯，

与一只死去的风筝
跳暗影之舞，

从落叶那里
骗取感动，

也认得其他
四种事物。

其中之一是

你头发的颜色。

线性的告别，非线性的告别

他走出门，
说再也不会回来，
但他回来了，这
狗娘养的，现在我怀孕了，
而他依旧是个懒蛋。

交配的口水

一个穿绿色迷你
裙的女孩，不怎么漂亮，
　　　走在大街上。

一个商人停下来，转身
盯着她的屁股看，
她的屁股就像一只
　　　发霉的冰箱。

美国
已经有 200 000 000 人口。

坐逗号和克里利[1]逗号

现在是春天，修女

像一只黑青蛙

在湖边

搭建她的沥青纸棚。

（看起来）她被

一卷卷沥青纸

包围，真美！

他们知道她的名字，

他们说着她的名字。

1　指罗伯特·克里利（Robert Creeley, 1926—2005），美国诗人，布劳提根
　　的朋友。（巴伯注）

自动的蚁洞

饿得没办法，今晚我又
不得不吃一顿单身汉的晚餐。
我想了好一会儿
也决定不了：到底是
吃中国菜还是吃汉堡。上帝啊，
我恨一个人吃晚餐。那就像
　　即将死去。

象　征

当我要搭顺风车去大瑟尔，

莫比·迪克[1]停下来，带上了我。他装着

一货车海鸥去圣路易斯－奥比斯波[2]。

　　"你更喜欢做一个货车司机还是一条鲸鱼？"

我问。

　　"哦，"莫比·迪克说，"对我们鲸鱼来说，

霍法[3]从来都要比亚哈船长[4]好。

　　这个死老头。"

1　莫比·迪克（Moby Dick），小说《白鲸记》中的大白鲸的名字。

2　圣路易斯－奥比斯波（San Luis Obispo），美国加州中部的一座城市。

3　吉米·霍法(1913—1975)，美国的工会领袖，卡车司机工会的强有力的
　　领导人。（巴伯注）

4　小说《白鲸记》中捕鲸船"裴庞德"号（Pequod）的船长，他意志坚定，
　　又聪明自大。

今晚我无法一点一点回答你

今晚我无法一点一点回答你。
暴风雨般的爱情之门将我撕碎，我
像一个幻影，脸朝下，浮在井中。那里
寒冷而黑暗的水，映照模糊而残缺的
    星辰，
用法庭的被告席，
交换我们所有的友爱、感动、睡眠，如
一辆溺亡的火车，在一堆爱斯基摩人的
    骨架边。

你的鲶鱼朋友

如果我注定像一条鲶鱼

在池底

度过一生

骨瘦如柴，还有很多腮须

如果你在某个夜晚

    来到池边

当月光照亮

我黑暗的家

你站在那儿，在爱情的

    边缘

心里想："这池塘

真美。我多希望

    有谁爱过我。"

我愿意爱你并做你的鲶鱼

朋友，将孤独从你心头驱除

你将立刻感到

　　　平静

并问自己："这个池塘里

会不会有鲶鱼？

对鲶鱼来说，

这是个好地方。"

11 月 24 日 [1]

她用头发修补着雨。

她打开黑暗的开关。

　　胶水/开！

这就是我要通报的一切。

避孕药与春山矿难 [1]

当你吃了你的避孕药

就像发生了一场矿难。

我想着所有

    在你体内失踪的人。

1　春山矿难(Springhill Mine Disaster),1958 年发生于加拿大新斯科舍（Nova Scotia）春山的一场矿难。尤安·麦科尔（Ewan MacColl）和佩姬·西格（Peggy Seeger）很快为此创作了一首名为《春山矿难》（"The Springhill Mine Disaster"）的流行歌曲。（巴伯注）

万圣节的暴跌之后

我的魔力下降了。
我的咒语无精打采地绕着
房间走，像眼睛带血丝的
老病狗们，
鼻子又冷又湿。

我的魔法都堆在
墙角，像一个肥佬
夏天换下的脏衣物。

昨晚我的一剂药
死在了罐子里。
它看起来像一张破裂的
埃及桌布。

啊，你那么美，天都下起了雨

啊，玛西娅，

我希望你的金色长发与美貌

能进入中学的教科书，

这样孩子们就会知道，上帝

就像音乐一样活在我们的肌肤之间，

听起来像阳光灿烂的大键琴。

我希望中学的成绩单

　　　就像这样：

赏玩高贵的玻璃制品：

　　　优秀

计算机魔法：

　　　优秀

给你所爱的人们写信：

　　　优秀

了解鱼类：

优秀

玛西娅的金色长发与美貌：

最优！

自然界之诗

月亮

是骑摩托车的

哈姆雷特

他冲下

一条黑暗之路。

穿着

一件黑色的

皮夹克和

皮靴。

我

无处

可去。

我将彻夜

骑行。

他们逮捕"感恩而死"[1]的那一天

他们逮捕"感恩而死"的那一天，
暴雨袭击了旧金山，
像炙热而湿软的剪刀，将正义
剪成短吻鳄穿着的邪恶衣装。

他们逮捕"感恩而死"的那一天，
像一群长着翅膀的短吻鳄
用黑色橡胶望远镜
　　　仔细地丈量着大理石。

他们逮捕"感恩而死"的那一天，
就像短吻鳄用湿润的呼吸
将气球吹到"正义之厅"
　　　的尺寸。

1　"感恩而死"（Busted the Grateful Dead），旧金山的流行摇滚乐团，组
　　建于 1964 年。1967 年 10 月 2 日，他们中的几位成员因为持有毒品而被
　　捕。10 月 4 日，该乐团举行了一次新闻发布会，抗议此次逮捕事件。（巴
　　伯注）

港　口

被爱之风暴撕裂
然后再被爱之平静
　　　拼合，

我躺在港口中，
不知道
你的身体从哪里结束
我的身体从哪里开始。

鱼在我们的肋骨之间畅游，
海鸥叫喊，像照见
　　　我们鲜血的镜子。

大蒜肉女士来自——

今晚我们自己做晚餐。

我在做一种巨石阵[1]

　　　牛肉汤。

玛西娅给我打下手。你

早已听说过

　　　她的美丽。

我早已叫她弄些大蒜

抹在肉上。她

像对待爱人那样为每片肉，

轻轻抹上蒜泥。

我之前从未见过

　　　这样的事。肉上的

每个孔不断地被大蒜

　　　打开、爱抚。

饱含的激情，足以

让一位耳聋的圣徒去学习

小提琴，并在巨石阵中

　　　演奏贝多芬。

1　巨石阵（Stonehenge），英格兰南部索尔兹伯里平原上的直立的古代巨
　　石建筑遗迹，据信建于公元前 2300 年左右。（巴伯注）

在咖啡馆

　　我看见一个男人在咖啡馆里卷起面包片
像折起一张出生证明，或者他正注视着一张
死去的爱人的照片。

嘘，永远

旋转，仿佛一个幽灵

站在一只陀螺[1]的

　　底部。

生活中所有

没有你的空间

都将使我

不得

安宁。

1　"陀螺"原文为top。

译后记　　　　　　　　　**只有他的死，能让我们堕落**

肖水

一

我相信，越来越多的人将认同我的观点：近三十年来，美国失去了一位杰出的诗人，而中国不经意间得到了他。

二

理查德·布劳提根，一个出生于华盛顿塔科马，以加利福尼亚旧金山为家的美国诗人、小说家，倒在二层阁楼木地板上的时候，正是1984年尚觉溽热的9月之末。子弹掀翻了他的后头盖骨，那沉闷的枪响在他最后的意识里转瞬即逝。苍蝇聚集，往他的伤口处产卵，尸体开始腐烂。几乎一个月，无数朋友尝试电话联系他，但无人接听，只剩答录机里的声音单调重复。10月初，邻居被厨房里开到最大音量且日夜不息的收音机所扰，敲门，无应答，于是找到电闸，断掉了房屋的电。布劳提根的家变得一片漆黑。他曾经提到10月可能要去蒙大拿狩猎。那正是狩猎的好时机，黑熊、狼和麋鹿在山野里成群出没。答录机的电池电量渐渐耗光，诗人最后的声音仿佛一串气泡，来自水底，并最终消失在黑暗深处。

直到10月25日早上，老朋友、商业捕捞人鲍勃·君施（Bob Junsch）和他的水手吉姆·奥尼尔（Jim O'Neill）受人之托，来到布劳提根的小屋查探情况。独户小屋临山坡而建，安静异常。君施在山坡上，透过一扇不带窗帘的窗户，瞥见屋内的地板上似乎流有液体，还看到了一只阿迪达斯模样的鞋。不祥的预感在早晨灿烂的阳光中升腾。

厨房门紧锁。君施在奥尼尔的协助下爬上二楼。他猛地拉开没有上锁的两扇落地玻璃门，几乎被一股恶臭冲倒。苍蝇如云，脚下无数的蛆蠕动着，一具尸体躺在床边的角落里。布劳提根的面部特征消失了，颅骨上现出可怕的洞。所有皮肤都变成黑色。蛆爬到了三十英尺（约九米）以外的地方。眼镜的一条边框弯折，另一边的镜片则不见了。同时，奥尼尔在楼下发现电被断掉了，他推上电闸，厨房的收音机音量瞬间又放到最大，尖利刺耳，那种声音就回荡在令人作呕的空气之中。

警察很快到来。他们查看了尸体旁的手枪，镀镍的左轮手枪，装着五颗实弹，在地板上留下一个空弹壳。死者的口袋里有一张皱巴巴的五美元纸币，以及一些零钱。他们在浴室里发现了以下物品：三瓶安眠药，一瓶抗抑郁药，以及医用导管、外用药膏，还有三包杜蕾斯安全套。

尸体搬运车下午来了。这是警察这一年在马林郡发现的第九具无名男尸。编号9，装袋，抬上车。尸体搬运车很快离开了旧金山波利纳斯梯田大道6号。1956年布劳提根移居这里后，卷入了"垮掉派"（Beat Generation）的活动。在1960年代中后期，"反文化运动"（Counter-culture Movement）像燃烧弹一样，以光焰划破了这座城市的夜空，因小说《在美国钓鳟鱼》（*Trout Fishing in America*，1967）而渐受瞩目的布劳提根，成了这场运动中最闪耀的明星之一，而他藏身的海边小镇波利纳斯则被他称为"嬉皮士的天堂"。但现在，他的居所周围拉上了黄色警示带，房屋被官方查封。

警察无法确定死者就是布劳提根。

第二天早上，验尸官对编号9的无名尸体进行了病理解剖。没有发现内出血的痕迹，在肋骨、胸部和脊柱上也没有发现外伤。警察最后通过比对牙医提供的四张X光照片，确定死者就是布劳提根——那个小说《在美国钓鳟鱼》在美国售出三百多万册，被他的朋友们称为"美国二十世纪最著名的诗人、小说家"的人。

坏消息传得很快，朋友们都颇为震动。虽然他移居波利纳斯之后，与朋友们的联系少了，甚至近几年他显得有些离群索居，但依旧有很多朋友在挂念他。他的朋友约翰·弗赖尔（John Fryer）听到这个消息的时候很愤怒，他说："理查德找到了一种迅速伤害他的朋友的方式。"

三

警察对布劳提根的死因展开了调查。

有朋友说，布劳提根提到过一些波利纳斯的女诗人曾经让他卷入某种阴谋。社区里散布的谣言还说布劳提根曾对也生活在此处的越南老兵报以鄙视性评价，还听说曾有愤怒的退伍老兵提着枪来找布劳提根麻烦。不过有朋友说此事早已了结。

警察给布劳提根在蒙大拿的律师打电话。律师说他最后一次与布劳提根通话是 9 月 13 日，布劳提根向他咨询售卖在蒙大拿的房产的事情。他暗示布劳提根曾经历严重的财务危机，为了筹钱，布劳提根已经抵押了他在蒙大拿松溪的房子。他还提及布劳提根酗酒，但他没有听说布劳提根要自杀。对于布劳提根喜欢大口径枪支，他并不感到惊讶，他说布劳提根多次在自己的乡间别墅里开枪，地板上留下了不少弹孔。

此外，布劳提根的朋友大卫·费切海默（David Fech-heimer），就是叫鲍勃·君施去查看布劳提根房间的那个人，告诉警察如果布劳提根死于自杀，他不会惊讶。因为布劳提根长期以来对日本文化很感兴趣。布劳提根曾七次访日,每次均停驻数月,其1978年出版的最后一本诗集《6月30日,6月30日》几乎成了他的日本旅行日记。即使他从日本回到旧金山,也喜欢暂时住在日本人社区的旅馆里。此外,他在1977年第二次日本旅行时认识的亚纪子更是成为他的第二任妻子。而在日本,众所周知,自杀有着非同寻常的意义。

布劳提根唯一的女儿艾安西 · 斯文森(Ianthe Swensen)的证词,似乎确证了布劳提根自杀的可能性。她提到她的父亲陷入了经济困境,身无分文,最近他不惜卖掉最后的房产并开始借钱。而且她的父亲已经意志消沉了好长一段时间,过去五年他酗酒严重。他还常说从未想过自己竟然能活那么久,扬言要用一把枪结束自己的生命。他们之间最后一次通话已经是三四个月之前的父亲节了。

还有一位朋友告诉警察,他最后一次和布劳提根通电话时,布劳提根说自己前一晚吃了过量的安眠药,但依旧没有效果。更遥远的消息说,布劳提根二十岁的时候,曾因为扔石头砸警察局,被送入俄勒冈州立精神病院,诊断为偏执狂精神分裂症,并接受电击治疗,出院后便离家出走。

似乎一切都那么明朗,人们只需默默地接受。但在10月27日,即布劳提根尸体被发现的第三天,关于布劳提根之死的一篇文章出现在了《纽约时报》上,文章将其称为"跌出流行圈的1960年代的文学偶像"。同一天,英国《泰晤士报》上的另一篇文章则说,"在这(指1960年代)之后的岁月里,布劳提根被公众和文学批评界不公正地抛弃了,他开始情绪低落,并开始酗酒"。而知名编剧沃伦 · 欣克尔(Warren Hinckle III)在一篇名为《布劳提根:长空的坠落》("The Big Sky Fell In on Brautigan")的文章中,以"被蒙大拿荒野包围的私人飞机"等句子,暗示布劳提根在一种"男子汉气质的竞争中"被摧毁。

四

人类对死亡以及与死亡相关的事物，是如此着迷。

关于布劳提根之死，一家报纸的报道完全抄自美联社，但大量删节，并以"嬉皮士作家死亡"为大通栏标题，博人眼球。《俄勒冈人报》的报道也主要引自美联社，但把它仅仅当作一则补文。一贯以稳重著称的《纽约时报》对此显得更为谨慎，甚或是犹豫，他们把这则消息放在了天气预报的上面，分类广告的前面，内容寥寥数笔：一具尸体昨天在加利福尼亚波利纳斯的一座房子里被发现，死者据信是堂吉诃德式的反文化诗人、作家理查德·布劳提根。

旧金山本地的报纸，诸如《纪事报》《观察者》，都是在美联社报道的基础上扩展。有报纸在提及布劳提根之死时，错误百出。当然，还有诋毁。在《观察者》上撰文的诺曼·梅尔尼克（Norman Melnick）如此写到布劳提根："显然，他没有读完高中……《在美国钓鳟鱼》是一部写于旧金山嬉皮士盛行时期的作品。"随后，差不多所有报纸文章都引用小说家、剧作家汤姆·麦葛尼（Tom McGuane）的话："当1960年代结束，布劳提根就成了与洗澡水一起被泼掉的小孩。"

关于布劳提根最令人惊讶的新闻报道，在10月的最后一个周六引爆。从旧金山的电视上看到布劳提根的死讯后，他同母异父的弟弟大卫·福斯顿（David Folston）将这个消息告诉了身在布劳提根出生地塔科马的母亲玛丽·卢·福斯顿（Mary Lou Folston）。他母亲告诉报纸说他们经常通信，但事实上，他们已经超过二十八年没有联系了。平静地，骄傲地，她回顾了布劳提根的童年，以及他 1969 年后日益受到全国瞩目的名声。而这一切，那个日后将被称为"理查德·布劳提根的父亲"的人却并不知情，他甚至丝毫不知道在这个世界上他竟然还有个儿子。当布劳提根的姨妈伊夫琳·福杰兰德（Eveline Fjetland）打电话给七十五岁的退休工人伯纳德·布劳提根（Bernard Brautigan），告诉他他的儿子死在了波利纳斯的时候，老布劳提根回答："谁是理查德？我完全不认识这个人。"五十年前，当玛丽·卢·福斯顿离开他时，并没有告诉他她怀孕了，而且她已经与另一个男人暧昧不清。

布劳提根至死都对自己的父亲一无所知，而一位又一位近于匿名的继父陆续穿过他的童年、青年时代。布劳提根对贫困的童年讳莫如深，不断说起的只是一段去塔科马城里寻找父亲的记忆。在一家理发店，带着依恋、崇拜的目光，布劳提根慢慢接近那个据说是他父亲、满脸都是剃须泡沫的男人。当他介绍完自己，那个陌生男人将他拎了出去，但给了他一个闪亮的大银元，叫他拿着去看电影。他还对女儿艾安西说起第二次遇到父亲，是他七岁的时候，在他妈妈当收银员的饭店之外。他父亲偶然到来，将车停在了他玩耍的人行道附近。父亲和他打招呼，并给了他五十美分。然后，父亲再也没有出现过。在这一切之后，布劳提根的童年与梦就一起真正地结束了。

五

1952 年，一个叫迪克·波特菲尔德（Dick Porterfield）的十七岁少年，在尤金一座用柏油纸板搭建的小屋里开始写诗。屋外是小镇里最差的街区，常陷于一片泥泞，但他经常敲击打字机直至深夜。一年前,他就已把写作当作了毕生的事业,他的偶像是欧内斯特·海明威(Ernest Hemingway)。和朋友在一起的时候,他会不停地谈起海明威,并且在一首名为《争吵》("Argument")的诗里记录了自己曾在梦中与海明威进行了"可怕"的争吵,因为"他(海明威)认为他是一个比我更好的作家"。二十岁的时候,波特菲尔德忽然又不想写诗了,他在日记里写道:"为什么诗人会停止写诗?我觉得其原因就像风为什么会在晚上停下来一样。"但事实上,这个此刻使用继父的姓氏,同年12月在高中校报发表第一首诗《光》("The Light")时署名"理查德·布劳提根"的男孩,从未停止过写诗。

1956年夏天,经过很多内心的波折和身体的劳顿,布劳提根终于抵达了旧金山。为此他谋划了很久,甚至彻底放弃了一次痛苦的单恋,并从此断绝了与家庭的联系。从1940年代后期开始,旧金山,这座远离美国东海岸政治文化中心的太平洋海滨城市,逐渐酝酿着一场以诗人、作家、翻译家、评论家肯尼斯·雷克斯罗斯(Kenneth Rexroth)和诗人、剧作家马德琳·格利森(Madeline Gleason)为中心的风暴——"旧金山文艺复兴"(San Francisco Renaissance)。这场风暴的初期涌现出了罗伯特·邓肯(Robert Duncan)、杰克·斯派塞、罗宾·布拉瑟尔(Robin Blaser)、劳伦斯·费林盖蒂(Lawrence Ferlinghetti)等诗人、作家,后来又有加里·斯奈德(Gary Snyder)、迈克尔·麦克卢尔、菲利普·惠伦(Philip Whalen)和卢·威尔奇(Lew Welch)等新秀出场。罗伯特·邓肯、罗伯特·克里利、查尔斯·奥尔森(Charles Olson)1950年代初任教于北卡罗来纳州黑山学院(Black Mountain College),还形成了美国当代诗歌最有影响的派别之一——黑山派(Black Mountain Poets)。这场风暴还在继续,它的顶点是擦亮了一个本来起源于纽约的文学群体——"垮掉派"。1955 年 11 月 7 日，在旧金山的六画廊（Six Gallery），东来的艾伦·金斯堡（Allen Ginsberg）、杰克·凯鲁亚克（Jack Kerouac）和其他后来成为"垮掉派"主要成员的诗人们举办了一场读诗会，当晚金斯堡朗诵了其振聋发聩的诗作《嚎叫》（"Howl"），从而宣告了"垮掉派"的诞生。"垮掉派"迅速成为整个西方二十世纪五六十年代青年人反叛的文化标志。

初到旧金山的布劳提根经常参加在"地点酒吧"（the Place）举行的周一"长舌者之夜"（Blabbermouth Night）活动。那是一个诗人、作家、艺术家的聚会，参加者可以公开发表意见，或者纯粹是为了赢得当晚的奖品：一瓶香槟。布劳提根经常站在屋里的楼梯上朗诵他的诗歌。但除了朗诵，他总是沉默寡言，双手藏在口袋里走来走去，好像在躲着其他人。有人将他这种不合群的状态比喻为"一架生锈的打谷机"（a rusty threshing machine）。与他同时出现，并经常上台朗诵的还有金斯堡、加里·斯奈德、迈克尔·麦克卢尔、鲍勃·考夫曼（Bob Kaufman）等一年前已经为美国带来响亮新声，日后更是名满天下的诗人们。布劳提根迅速卷入"垮掉派"的人际圈中，并被认为是"垮掉派"的成员之一。1965 年 12 月 5 日，由拉里·基南（Larry Keenan）在著名的"城市之光"书店（City Lights Books）门前拍摄的系列照片"'垮掉派'诗人与艺术家的最后聚会"（The Last Gathering of Beat Poets & Artists）中，我们都能看到在金斯堡的不远处布劳提根高大的身影，虽然他个人从来都否认自己是"垮掉派"的成员。

这并不稀奇，因为很多被认为是"垮掉派"成员的人都否认自己是其中的一员，比如劳伦斯·费林盖蒂。但"垮掉派"的很多成员不喜欢布劳提根的写作风格，也不欣赏他试图发展一种"散文风格的诗歌"的努力，虽然他们欣赏他的写作中偶尔出现的令人惊讶的幽默。此外，除了加里·斯奈德和迈克尔·麦克卢尔等少数人，"垮掉派"的成员对布劳提根也不算友好。金斯堡曾把布劳提根称为"神经过敏的讨厌鬼"（neurotic creep），而"城市之光"书店的老板，后来出版过布劳提根诗歌以及《在美国钓鳟鱼》部分章节的劳伦斯·费林盖蒂则一直认为布劳提根"尚未发育为一个完整的作家"。

但这一切并不妨碍这个十七岁开始就立志成为作家的人，在旧金山一步步实现了他的梦想。来到旧金山不久，他出版了自己的第一本诗集。至去世前，布劳提根的作品包括十本诗集、十一本长篇小说、一本短篇小说集，还有四本选集，数部非虚构作品，以及一张诗歌录音唱片。他去世后，还有一本新发现的早年未刊稿被整理出版。

布劳提根的第一本诗集《河流的回归》（*The Return of the Rivers*）出版于 1957 年 5 月，只包含一首诗，限量印刷一百册。这首诗被分为左右两部分，单面印刷在一张大纸上。布劳提根和第一任妻子弗吉尼亚·迪翁·阿尔德以及诗人罗恩·洛文孙（Ron Loewinsohn）将其折叠后包上黑色卡纸，再将印有"烈焰出版社"字样、附有布劳提根签名的纸质标签，贴在黑色卡纸上作为封面。这本诗集的含量、印数和装帧令人侧目，之所以被认为是"诗集"，是因为它得到了莱斯利·伍尔夫·赫德利（Leslie Woolf Hedley）经营的"出版社"的支持，并使用了包装材料。更重要的是，这是布劳提根参与诗集装帧设计与制作的开始。日后，诗集装帧设计与制作成为布劳提根诗歌创作的一个重要延伸，极大地扩展了诗歌写作的"形式"的边界。

1958 年 5 月至 1967 年 4 月，布劳提根又陆续出版了《搭顺风车的加利利人》（*The Galilee Hitch*，1958）、《摆放好大理石般的茶水》（*Lay the Marble Tea*，1959）、《章鱼边境》（*The Octopus Frontier*，1960）、《由爱的恩典机器照管一切》（*All Watched Over by Machines of Loving Grace*，1967）四部诗集。这些诗集包含大量历史、文学的叙事，并与他之后的大多数诗一样，有意模糊了诗歌与散文的边界，并将这种变异侵入小说的领域。或者可以说，布劳提根的写作以"诗意"的展开为核心，将诗歌、散文、小说整合在一种可以称之为"布劳提根风格"的新事物中。这种文体企图先让诗歌散文化，再让小说"散文式诗歌化"，继而让诗歌小说化。"布劳提根风格"在小说上的集中体现就是 1967 年出版的《在美国钓鳟鱼》，而在诗歌上的集中体现则是 1968 年出版的诗集《避孕药与春山矿难》（*The Pill Versus the Springhill Mine Disaster*），上述四本诗集中不少诗被再度收入其中。

在布劳提根所有的诗集中，《避孕药与春山矿难》最为著名，是作者的标志性作品，也可视为当代美国诗歌的巨大收获之一。虽然 1967 年出版的《在美国钓鳟鱼》使他作为"小说家"迅速获得了巨大的国际名声，但一年后出版的这部诗集中，除"布劳提根风格"之外，短小精悍的"口语诗"大量出现，成了读者辨识布劳提根的重要标志，也使之在美国 1960 年代"反文化运动"的诗人中独树一帜。与《嚎叫》《裸体午餐》（*Naked Lunch*）等"垮掉派"文学作品不同，其在整体上并不"堕落"，反而是"以使用幽默和情绪推动一种独特的包含希望和想象力的画面而著称"（巴伯语），从而成为美国"反文化运动"中"乐而不淫"的诗歌孤岛。除此之外，布劳提根的这些诗还受日本俳句以及海明威极简主义文体风格的影响，以短小精悍的形式，挑战着写作技艺的新高度。在布劳提根的早期诗歌中，十至二十行的诗歌占多数，二十行以上的诗歌也不罕见，但从 1968 年出版的诗集《请种植这本书》(Please Plant This Book) 开始，基本上都是十行以内。《避孕药与春山矿难》收录的首次发表的三十八首诗中，只有七首超过十行，最长的不过十八行，最短的只有三行。而在非首次收录的六十首诗里，十行以内的诗也占一半。此外，他还创造了一种"只存诗题、不存正文"的诗歌形式。这种零行的诗歌，借助诗题与诗集中其他诗歌形成的空间感或互文关系，而产生强大的诗意。有评论家说得好："因为人类想象力的存在，形式从来不是艺术的局限，而是艺术家借以开疆拓土的座下良驹。"文本形式对行数和字数的限制，必将逼迫诗人驱动想象力，增加诗歌内在肌理的密度，加强语言的弹性和歧义性，拓宽诗歌的空间感，并最终将诗歌整体引向更大范围的隐喻和象征。

1968 年，布劳提根出版了他那本独具特色的诗集——《请种植这本书》。这本诗集收录了八首诗，印在八个种子袋（四种花卉，四种蔬菜）上，装进一个文件夹里。每个种子袋的正面印制诗歌，诗题与袋中所装种子一致。种植指南印制在袋子的反面。印有诗歌的种子袋可以直接种进泥土。此诗集印制了五千份，皆为免费分发。它是布劳提根参与诗集装帧设计与制作的延续，也是其写作精神"形式就是内容"的绝佳体现。2016 年 5 月，独立文化品牌"联邦走马"与广西师范大学出版社合作，在中国复制了该诗集，一时间引起广泛关注。

此外，《隆美尔驾车深入埃及》(Rommel Drives on Deep into Egypt) 出版于 1970 年，《用干草叉装载水银》(Loading Mercury with a Pitchfork) 出版于 1976 年。前者包括了八十五首诗，将《避孕药与春山矿难》呈现的风格进一步稳固，其杰出程度可与之并驾齐驱。后者非常特别,收录诗歌九十四首,由八个有名字的部分组成,且以"乌鸦"为主角贯穿始终,可以视为在《搭顺风车的加利福尼人》(包含九个部分,各有标题,共同呈现波德莱尔不断变幻的形象)之后,布劳提根对诗歌结构的第二次探索。只是这次的探索更深入和复杂,以及更混沌和迷人。《6月30日,6月30日》出版于1978年,收录了七十七首诗,是他最后出版的一本诗集。这些诗写于1976年4月13日至6月30日之间,与他的日本旅行同步,几乎就是旅行记录,因此与之前的作品相比,显得更清晰、动人。

六

10月28日,没有举行正式仪式,也没有通知他的父母,布劳提根的尸体在加利福尼亚的"快乐之山"火葬场(Pleasant Hills crematory)火化。如同诗歌中必须出现的某种隐喻,布劳提根的手和上下颚被当作证据封存,等待进一步检验,而它们最后都不知去向。

布劳提根的骨灰存放在一个日式的骨灰罐里。一年多前,临去欧洲和日本时,布劳提根交给朋友保存的一些物品中,除了枪和渔具,还有这个骨灰罐。死后三十年,他的骨灰依旧没有被安葬。这个日式骨灰罐与一瓶清酒一起,被安放在他女儿在圣罗莎的家里的梳妆台最高一层的抽屉里。一根板条钉在墙上,以防装骨灰的抽屉被拉过头。

在布劳提根从一具发黑的尸体变成一捧骨灰的同时,报刊上关于布劳提根的故事依旧零星出现。《时代》杂志于11月5日刊载了布劳提根的死讯。《纽约客》漫画家威廉·

汉密尔顿（William Hamilton）发表未署名文章，说布劳提根"有一种发表荒谬言论的嗜好，类似于1920年代在巴黎年轻的达达主义者们精心编造的令人严肃对待又觉得好笑的那种愤怒"。而前辈艺术家西摩尔·劳伦斯（Seymour Lawrence）更是发表了一篇名为《美国独创，官方声明》（"An American Original, an Official Statement"）的文章赞美布劳提根。他说："布劳提根是出版界之福……布劳提根是一位完美的工匠，不仅表现在语言的运用上，同时还表现在排版上、设计上、护封艺术上和广告文案上。他深度介入书的每一个细节和任何一个方面。他拥有一双从无偏失的眼睛，而我们给予他很少作家能享受的自治和活动范围。……他是一位在马克·吐温的传统中出现的别开生面的美国作家，他称得上是最优秀的美国作家。只有他的死，能让我们堕落。"

七

布劳提根之死，随着他肉体的消逝，似乎鲜有人再提起。在美国，虽然他的书在大学校园里随处可见，但文学评论界对他逐渐冷淡，他似乎成了文学史中一笔带过的人物。而且，对他评价的转向，在他去世前十年左右已经发生，并被认为是他心情沉郁、自戕悲剧发生的重要原因。然而，在东方，慢慢地，很多人成为他的读者、知音，以及学生。面对他的诗歌和小说，他们先是目瞪口呆，继而深深着迷。

在日本，从1970年代至今，布劳提根持续保持着影响力。1975年，包括《在美国钓鳟鱼》在内的四本小说被日本翻译家藤本和子翻译为日文，从而影响了很多日本作家。文学研究者、翻译家柴田元幸说："这本书让我第一次放下了对（美国文学）作者和角色的崇拜之情，开始以平视的眼光来看待他们。我感到书中角色的言谈终于和真实人物类似了，而且他们各自都有不同的嗜好和怪癖。"[1]日本作家村上春树从《在美国钓鳟鱼》开始，就很喜欢布劳提根，这直接影响了他1979年出版的处女作《且听风吟》。《且听风吟》获得日本有名的纯文学杂志《群像》设立的"新人奖"时，评委之一、文学评论家丸谷才一就指出《且听风吟》的风格深受库尔特·冯内古特（Kurt Vonnegut）和理查德·布劳提根等当代美国作家的影响，认为其小说是学习美国作家的成功范例。[2]而在2011年10月21日《纽约时报》的专访里，村上春树曾把布劳提根与雷蒙德·钱德勒（Raymond Chandler）、杜鲁门·卡波特（Truman Capote）、F. 斯科特·菲茨杰拉德（F. Scott Fitzgerald）、库尔特·冯内古特并列在一起，称他们为自己"一生中反复阅读的一群20世纪美国作家"。此外，网络上流传的村上春树推荐的"书单一百本"中就有布劳提根的《在美国钓鳟鱼》和《避孕药与春山矿难》。据说这个书目全部来源于村上春树小说中人物的对话。对话中所提及的书目，如果不特别置于批评的位置，无疑是村上春树心仪对象的反映。1976年至1984年间，布劳提根七访日本，每次都停留一个月以上。1983年5月底，他还接受了美国大使馆新闻处的邀请，在日本各城市进行巡回演讲。这也似乎从侧面印证了一种说法：他频繁去日本，很大一部分原因是依靠他在日本受欢迎的状况，来弥补他在美国本土受冷落的境遇。

　　1975年，《在美国钓鳟鱼》在日本出版之后，曾有出版

1　黑古一夫：《村上春树：转换中的迷失》，秦刚、王海蓝译，中国广播电视出版社，2008年。

2　林少华：《人生旅途中的风吟（译序）》，《且听风吟》，上海译文出版社，2007年。

商想请诗人、翻译家池泽夏树来翻译布劳提根的诗集《避孕药与春山矿难》，布劳提根还就此与朋友做过讨论，但没有下文。这本诗集直到1982年才出现水桥晋翻译的私印本，并延后到1988年方正式出版。他死后七年，也就是1991年，诗集《隆美尔驾车深入埃及》在日本出版。与此形成对比的是，他的十一本小说（其中一本于他死后出版）中，有十本在他生前已在日本出版。由此大概可见，在布劳提根生前，日本的读者主要聚焦于他的小说，他的影响力也主要停伫于此。

然而在中国，此时却是另一番景象，上述景观的出现差不多推迟了二十年。目前可见的资料显示，布劳提根第一次在中国被译介，是在1984年7月由《世界文学》编辑部和中国文艺联合出版公司印制的《美国当代文学》（内部发行本）中。原书名为 *Harvard Guide to Contemporary American Writing*，由美国桂冠诗人、学者丹尼尔·霍夫曼（Daniel Gerard Hoffman）主编，哈佛大学1979年版。在由约瑟芬·韩丁（Josephine Hendin）撰写的"实验小说"一章中，两段不到九百字的短短篇幅内，提到了布劳提根的短篇小说集《草地的报复》（*Revenge of the Lawn*）、《在西瓜糖里》（*In Watermelon Sugar*）和《在美国钓鳟鱼》，并说："布劳提根是醒悟过来的人们的代言人，想通过混淆现实世界中存在的地位、财产及抱负上的种种限制来减轻焦虑。"而在丹尼尔·霍夫曼本人所撰的关于诗歌的三章长文内，布劳提根不着一字。在1988年第2期的《美国研究》上，由施咸荣撰写的评介新出版的《哥伦比亚版美利坚合众国文学史》的文章中，提及英国的美国学教授马尔科姆·布雷德伯里（Malcolm Bradbury）将布劳提根与库尔特·冯内古特、约翰·巴思（John Barth）、品钦（Thomas Ruggles Pynchon）等人的小说称为"自我反照小说"（self-reflexive fiction）。1989年7月，布劳提根的诗歌首次被译成中文。号称网罗了美国现当代所有重要流派和几乎所有重要诗人的《在疯狂的边缘——美国新诗选》（彭予编译，河南人民出版社）一书，收录布劳提根《在一家咖啡馆》《对弈》《在下降的电梯里》三首诗。诗人简介中如此说道："布劳提根是一个垮掉派诗人，诗作不多，但很有特色。他的诗短小、轻松、自然，没有丝毫的矫揉造作，构思新颖奇特，富于想象力，以洗练的形式和冷峻的含蓄著称，这一风格曾经一度在美国大学校园十分流行。"值得一提的是，除了布劳提根之外，入选的另外三位"垮掉派"诗人分别是：艾伦·金斯堡、加里·斯奈德、格雷戈里·科索。他们对中文诗歌读者来说，几乎都如雷贯耳。

之后十二年，布劳提根的名字还在中国两次被提及，但不是作为淹没于作家群中的一个名字出现，就是寥寥的不着墨痕的一笔。这种状况的改变一直要等到下一个世纪的最开始处。2000年1月北京师范大学出版社出版了王伟庆翻译的《在西瓜糖里》。此书作为"美国后现代名作译丛"中的一本，印数五千册，由美国驻华大使馆新闻文化处提供版权和资助。作者名被译为"理查德·布朗蒂甘"，显然译者并不知道作者已经在中文世界里被译介过。

到布劳提根离开人世整整二十年后的2004年夏天，我在"黑蓝诗歌论坛"里首次读到了署名"老哈"所翻译的一些布劳提根的诗作（翻译时间不早于2004年1月），作者闻所未闻，但诗却至少有三点吸引我：第一，简洁的文字中无处不在的精妙隐喻，且这些隐喻与"现代生活"几乎同步；第二，作者与"垮掉派"千丝万缕的联系；第三，他是一个死者。我从英文网站上下载了他很多诗歌。这些诗歌分别来自以下诗集：《摆放好大理石般的茶水》《避孕药与春山矿难》《隆美尔驾车深入埃及》《用干草叉装载水银》《6月30日，6月30日》。诗集荒诞的名字再次吸引了我，我预感在这些名字之下的诗句里肯定还潜藏着更多让我惊喜的东西。加上我对老哈所贴出来的几首诗的翻译并不满意，于是决定自己动手。2004年9月，我曾一夜一口气翻译了十四首，同月，网刊《诗生活月刊》里就出现了我和老哈的翻译。更令我意外的是，《诗歌月刊》2004年第12期以"美国现代诗人布劳提根诗选"为题，一口气发表了我翻译的二十五首。截至2006年年底，我已翻译完了以上诗集里的多数诗歌。之后似乎很长时间里，都没有人提到布劳提根，直到在2007年9月21日第一期"在南方"沙龙上，我作了题为"美国诗人布劳提根的诗歌及生平"的主题报告。2009年5月我把布劳提根的诗歌翻译稿给翻译家汪剑钊看，他决定将之推荐到《江南诗刊》的翻译专栏去发表，并嘱咐我要写几千字布劳提根的生平介绍。因为那时我对布劳提根的生平了解非常有限，所以最后不了了之。直到2012年6月，我向杭州的友人Y提到了布劳提根，他鼓励我继续翻译布劳提根，于是我在一年内陆陆续续将布劳提根剩余的几本诗集全部粗译完毕。2013年年中，我把译稿拿给彼时就读于复旦大学翻译系的"复旦诗社"社长陈汐看，他也颇为布劳提根迷醉，于是我就邀请他一起来校译布劳提根。我们工作的成果最后被打印成了一本厚厚的《布劳提根诗全集》。又过了一年，青年小说家李唐看到我们在翻译布劳提根，送我们布劳提根的小说《在美国钓鳟鱼》的英文原版书，希望我们有空也将它翻译出来。我和陈汐分工合作，每人一半，互校互查，用了三个月时间完成了粗译。之后的两年，我们多方联系购买布劳提根的版权，或给布劳提根的版权代理商，或给布劳提根的女儿发邮件，都石沉大海。在这期间我们将我们的译稿发给过杨小滨、王家新、吴盛青、廖伟棠、余西等师友看，还得到过齐冉（Kieran Maynard）、康凌、洛盏、禹磊等朋友的帮助。在复旦诗歌节的活动中，诗人王家新老师忽然游离开主题，说他在飞机上一口气看完了我和陈汐翻译的《布劳提根诗全集》，译文出乎意料地好，这令我们非常受鼓舞。而诗人、学者杨小滨老师的推荐语如此说道：

> 布劳提根的诗在中文世界里介绍较少，肖水、陈汐的译本无疑填补了一项极为重要的空白。就这个译本来看，布劳提根的诗有以下几个令人推崇的方面：1）对日常性、想象力和文化意蕴的出色融合；2）语言举重若轻，在貌似常态的言说中注入了微妙而独特的陌生化效果；3）充满了戏剧化的内在张力，多重声音的穿插叠加增强了诗意的复杂度。肖水、陈汐的翻译完美地把握住了布劳提根诗的诗意精髓，这一本可以说是我近年来读到的最好的译诗集（没有之一）。

时任美国维思大学（Wesleyan University）中国文学副教授，现任香港科技大学人文部教授的吴盛青老师说：

> 作为美国"垮掉的一代"的著名作家，理查德·布劳提根因《在美国钓鳟鱼》而创立了"布劳提根风格"，成为美国反抗主流文化的偶像级人物。布劳提根的诗名长期为其小说家的名声所掩盖，肖水、陈汐所翻译的《布劳提根诗全集》系首次向中文读者全面展示这位卓越小说家同样杰出的诗才。不仅这些诗歌填补空白，让读者进一步触摸"垮掉的一代"的精神氛围，熟悉六七十年代的美国文化，更重要的是他对诗歌的形式与语言

的开拓性努力，将会对中文语境中的诗歌爱好者有深远的借鉴与启发的意义。评论家 Robert Kern（罗伯特·科恩），将布劳提根的诗风与威廉·卡洛斯·威廉斯并提，称之为"原始主义的诗学"(poetics of primitivism)，指从日常生活与物体中汲取写作素材，以一种近乎裸露地面对语言的姿态，书写复杂的人生直觉、生存感受。诗人早年常站立在加州"叛逆"的小城伯克利的街头发放自己的诗作，而诗集《避孕药与春山矿难》在1968年的出版为其赢得了诗人的声望，其中俳句式的短诗《避孕药与春山矿难》已成经典。戏谑、反讽、口语化、拒绝深度已构成他风格的标签，但更值得关注的是他诗歌中的精彩譬喻，展示出的挫败的现实人生与奇诡的想象世界之间的张力。受意象主义、日本文化与法国象征派的影响，他那些广为流传的情色意味浓厚的诗歌，徘徊在大开大阖、腾挪跌宕的想象与漫不措意的玩笑之间，这些想象迷宫将带给读者耳目一新的阅读感受与震荡。后期的诗作多涉及社会批判，对日常生活的峻切的描述。互文与虚构成分的使用，模糊了诗歌与其他文类（散文与虚构作品）的边界，有些诗作更是近乎微型小说或是日记，这些特征成就了布劳提根在文学史上作为后现代主义开拓者的地位。由肖水与陈汐两位年轻诗人合作翻译的这部诗集，传神达意，行文措辞再现了原作的风格与精神气息。

2016年3月3日，我很偶然地向"联邦走马"的创始人恶鸟提及我和陈汐几乎翻译了布劳提根所有的诗歌和小说《在美国钓鳟鱼》。我以为他不知道布劳提根是谁，没想到他竟说自己早就是布劳提根的忠实读者，并愿意尽快去促成出版。事情进展得很顺利。3 月 23 日，恶鸟就告诉我他已与广西师范大学出版社就《避孕药与春山矿难》和《在美国钓鳟鱼》策划出版一事达成了一致。《在美国钓鳟鱼》已于 2018 年 5 月出版，现在，这本《布劳提根诗选》（由《避孕药与春山矿难》更名而来）也要面世了。这让我不由想起，布劳提根作品在美国的主要传播者约翰·巴伯先生在介绍布劳提根时写下的句子："他以其超然的、匿名的第一人称视角，自传体的散文风格，靠想象力和隐喻推动的异于常规但生动形象的松散叙事结构而闻名。"这种写作方式在我和陈汐翻译的时刻，被我们理解，也像发丛中点燃的火柴一样，深刻改变了我们的写作。

八

布劳提根死后，出于某种追忆，他的一些朋友曾经去过他的房子探访。那个地方依旧被警方查封。他们爬上二楼的露台，从窗口往里看。他们清楚地看到布劳提根尸体蚀刻在地板上的痕迹。布劳提根的尸体膨胀、液化，渗入木板，在木头上，留下一个模糊的身体的影像。

他的朋友，诗人、小说家、剧作家迈克尔·麦克卢尔，看到了老朋友举起左轮手枪塞进自己嘴里时所在的地方；转动，他也看到了布劳提根最后看到的事物。十几年后，当他再次想起此事，他慢慢举起自己的手，食指伸长像一把枪的枪管，泪从眼睛里涌出。

就像电影里的鬼魂一样，布劳提根的形象大概会永久地盘桓在这座古老的木屋里。据说房屋的新主人试图擦掉地板上的印记，但化学溶剂或清洁剂都竟然无效。最后，他们不得不租用砂带磨光机去擦除这位诗人最后留给世界的有形记忆。美国小说家肯·克西（Ken Kesey）称布劳提根为"美国的松尾芭蕉"（An American Bashō）。"此后五百年，"肯·克西说，"当我们所有人都被遗忘，人们还在阅读布劳提根。"